Dina, la tiranosauria

Dina, la tiranosauria, iría a un concierto de rock. Se puso ropa de color negro y botas de tacón, y se recogió el cabello en una cola.

Cuando se reunió con sus amigos dinosaurios para entrar juntos al *show*, se dio cuenta de que ella era la única tiranosauria que había ido. ¿Por qué no estaban allí los otros tiranosaurios?

Dina empezó a llamarlos para preguntarles. Habló con Tino, con Rina, con Sara y con Río. Todos le contestaron que preferían los conciertos de música clásica, porque al sentir la melodía bastaba con mover la cabeza para acompañarla. En cambio, en los conciertos de *rock*, le dijeron, había que aplaudir y sus bracitos eran tan cortos que no servían para eso. Ella les insistió para que vinieran e incluso les dijo que tal vez podrían disfrutar del

Dato curioso

El tiranosaurio habitó en América del Norte y Asia hace millones de años y es uno de los animales más feroces que han existido.

concierto simplemente zapateando, pero ninguno quiso.

A Dina le encantaba el *rock* y por nada en el mundo quería dejar pasar la oportunidad de disfrutar ese concierto. Entonces se le ocurrió una idea, pues aún había tiempo. Fue corriendo a casa de su abuelito, que quedaba cerca. El abuelito tenía un bote y Dina le pidió prestados los remos, y también unas cuerdas. Regresó rapidito y sus amigos dinosaurios la

ayudaron con mucho gusto a amarrar un remo en cada uno de sus cortos bracitos.

Así fue como Dina pudo no solo aplaudir haciendo chocar los remos, sino que también cantó y zapateó feliz ¡durante todo el concierto!

Lo que leíste

- ¿Cómo se llama la tiranosauria de la historia?
- ¿Adónde iría la tiranosauria con sus amigos?
- ¿Qué se puso en sus bracitos para poder aplaudir?

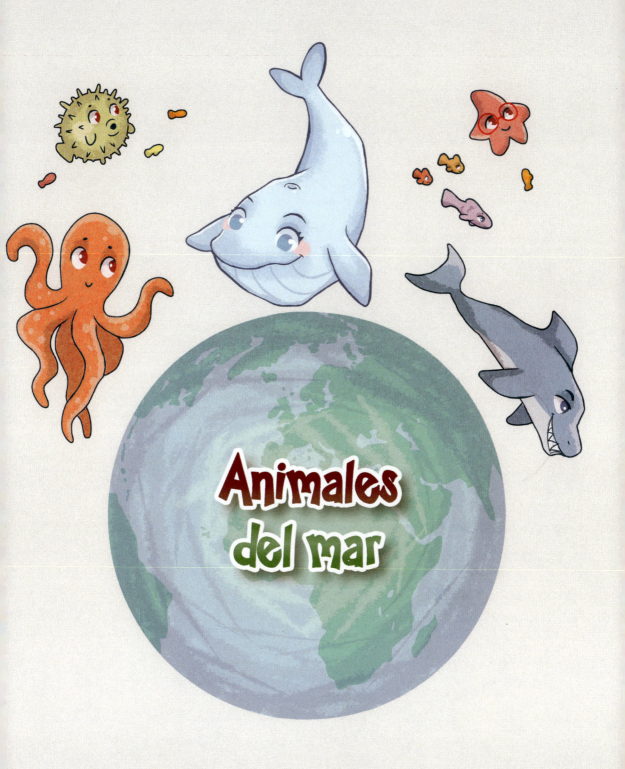

Salomón Tiburón

A Salomón Tiburón le gustaban las fiestas. Las disfrutaba como nadie. Una noche, en la fiesta de cumpleaños de la tortuga Greta, la escuchó hablar de una montaña hermosa, grande y verde.

El verde era el color favorito de Salomón, y entonces se dijo que quería conocer una montaña. Después de pensar qué debería llevar en su maleta, aparte de sus camisas de colores, sus sombreros y el cepillo de dientes, le preguntó a la tortuga

cómo llegar a ese lugar verde y mágico llamado «montaña». Greta se sorprendió:

—Salomón, los tiburones no pueden viajar fuera del agua —le dijo—. Pero pregúntale qué puedes hacer a Lila, la anguila. Ella, como todas las anguilas, es una experta viajera.

Lila le aseguró a Salomón Tiburón que para visitar montañas no tenía que salir del agua, ¡porque el mundo submarino está lleno de montañas! Y enseguida le dio una lista de las más lindas, todas llenas de corales, esponjas, y con animalitos de todos los colores, incluso verdes.

Salomón Tiburón se puso muy contento. A los pocos días preparó su equipaje y desde entonces se dedicó a recorrer los mares con su amiga Lila, la anguila, y así pudo conocer innumerables montañas submarinas.

Lo que leíste

- ¿Cómo se llama la tortuga de la historia?
- ¿Qué quería conocer Salomón Tiburón?
- ¿Con quién se fue de viaje Salomón Tiburón?

Dato curioso

Las anguilas son peces viajeros y recorren grandes distancias en los mares de toda la Tierra.

La ballena Marielena

Llovía desde hacía muchos días. El cielo estaba oscuro y los rayos del sol apenas iluminaban el océano. Por eso los pececitos estaban tristes y callados. Al notarlo, la ballena Marielena les preguntó qué les pasaba. Cuando supo la razón, se puso a pensar qué podía hacer para ayudarlos. De repente recordó a los peces linterna, que viven en el fondo del océano. ¿Y si les pedía que subieran a las aguas superficiales para alumbrarlas? Pero enseguida descartó esa idea, porque se acordó que a los peces linterna les gusta comer peces pequeños.

Entonces se le ocurrió algo distinto: invitaría a los peces linterna a dar un paseo con una condición; tendrían que ir dentro de su gran boca. Decidida, se sumergió en las oscuras profundidades del mar.

Como los peces linterna no conocían las aguas superficiales, aceptaron muy contentos la propuesta de Marielena. La ballena abrió su enorme boca y ellos se acomodaron allí, entre sus barbas, que son sus dientes.

Cuando subieron hacia las aguas superficiales, Marielena nadó y nadó de un lado a otro con una enorme sonrisa. Los peces linterna disfrutaron el paseo; había muchos animales que no conocían. Los pececitos de la superficie, por su parte, estuvieron felices al ver cómo salía la luz de entre los dientes de la ballena Marielena, que esa vez iluminó su día.

> **Lo que leíste**
> - ¿Cómo se llama la ballena de la historia?
> - ¿Qué peces de la historia viven en el fondo del mar?
> - ¿Por qué estaban tristes los pececitos de las aguas superficiales?

Dato curioso

Los peces linterna viven a más de 4000 metros de profundidad en el océano.

La estrellita y el caballito

Rita era una estrellita de mar muy curiosa. Siempre estaba investigando y preguntando, y por eso sabía muchas cosas sobre los animales marinos. Por ejemplo, sabía que los tiburones no tienen huesos, sino cartílagos; que los peces globo solo se inflan cuando están enojados o asustados; que los peces linterna viven en el fondo del mar; ¡y que existen peces voladores!

Rita tenía un mejor amigo que era Lito, un caballito de mar. A Lito le gustaba escuchar todas las curiosidades de los demás animales que la estrellita averiguaba.

Un día, el caballito le habló así a su amiga:

—Rita, sabes muchas cosas sobre los animales marinos, ¿pero ya sabes

Dato curioso

Los caballitos de mar son peces y existen más de cincuenta especies de ellos en todo el mundo.

la mayor curiosidad de nosotros, los caballitos de mar?

—¡No! —respondió la estrellita, sorprendida—. Aparte de que eres muy buen amigo y que pareces un caballo de los que hay afuera del mar, ¡no sé nada más!

—Bueno, te voy a dar una pista: cuando jugamos al escondite con nuestros amigos del mar, ¡nunca nos encuentran! —le dijo Lito.

—¿Eres mago y desapareces? —preguntó Rita—. ¡No me digas que haces trampa!

La estrellita hacía toda clase de preguntas y el caballito se reía a carcajadas con sus ocurrencias. Cuando Rita se rindió, el caballito de mar le confesó que podía cambiar de color

rápidamente, y así se camuflaba entre las plantas, las algas y los corales.

Rita le guardó el secreto a Lito para que pudiera seguir jugando al escondite sin que lo encontraran, y quedó muy contenta de saber que tenía un amigo tan especial.

Lo que leíste

- ¿Cómo se llama la estrellita de mar de la historia?
- ¿Y cómo se llama su amigo?
- ¿Qué tiene de especial el amigo de la estrellita de mar?

Pinino, el pingüino

Pinino, el pingüino, nunca había salido del Polo Sur, donde vivía, hasta que llegó el momento de planear su primer viaje. Los otros pingüinos habían decidido ir al Polo Norte, pero a Pinino esa idea no le agradaba. Él quería conocer algún lugar calientito. Para saber a dónde ir, empezó a preguntar a todos los turistas que llegaban en un tren a visitar su helado hogar.

Primero le preguntó a una leona, y ella le dijo que el lugar donde reinaba se llamaba «sabana» y era cálida, a veces húmeda y otras veces seca. Luego le preguntó a un jaguar, que le informó que la selva donde vivía estaba llena de árboles enormes y era cálida y siempre húmeda. Después habló con un camello, que le habló de lo caliente, seco y arenoso que era el desierto donde vivía. Pinino no podía decidirse, hasta que conversó con

Dato curioso

Los pingüinos son aves adaptadas al agua y solo habitan en el hemisferio sur del planeta.

una gaviota. Ella le contó de un lugar que lo hizo soñar despierto, imaginando el sol que iluminaba el agua del mar, las palmas y la arena de la playa.

—¡Me voy para la playa! —informó el pingüino a sus amigos.

—¡Espera! ¿No llevas maleta? —le preguntó uno de ellos.

—¡No! No es necesario. Voy a disfrutar del calor de la playa —respondió Pinino.

Y tomó el primer barco que pasó frente a él.

Apenas llegó a la playa, sintió un calor envolvente que lo puso contento. Se quitó su frac y se lanzó a nadar en el mar, donde jugó todo el día con unos delfines que estaban felices de ver al pingüino tan divertido.

Pero al llegar la noche, el pobre Pinino no podía dormir. ¡Estaba insolado! Como se había quitado su frac y había estado expuesto al sol todo el día sin ponerse protector solar, su piel se había puesto roja y tenía sed constantemente. Tuvo que

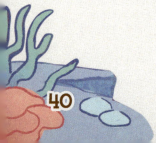

tomar mucha agua para sentirse un poco mejor.

A la mañana siguiente, Pinino, que seguía tomando agua, preparó su viaje de regreso. Cuando llegó al Polo Sur, les contó a sus amigos lo que le había pasado y prometió escucharlos la próxima vez para viajar mejor preparado. Nunca más se iría de paseo sin llevar protector solar y repelente de mosquitos.

Lo que leíste

- ¿Cómo se llama el pingüino de la historia?
- ¿Con quiénes jugó en el mar?
- ¿Qué le pasó al pingüino por recibir mucho sol?

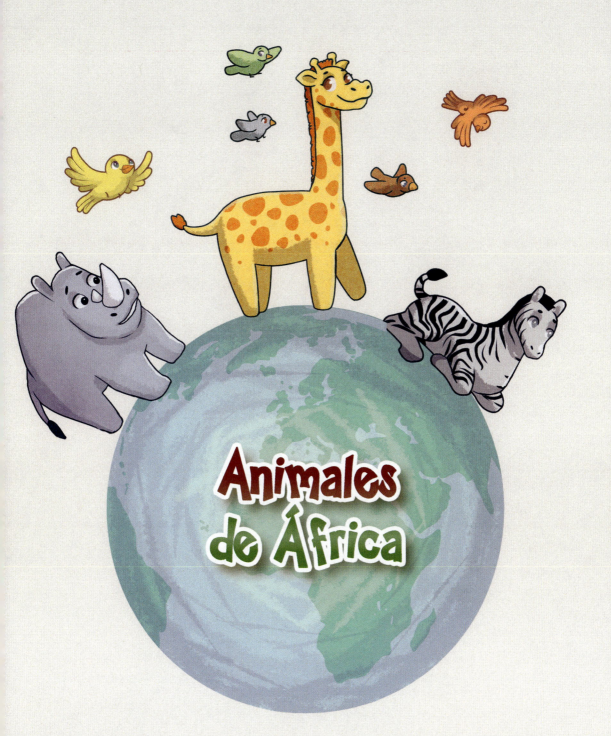

Enzo, el elefante

Al elefante Enzo le gustaban las flores de colores. Nunca las arrancaba o las cortaba. Más bien las contemplaba y las olía, y así era feliz.

Un día mientras caminaba por la pradera se acercó a unas flores rojas que le parecieron especialmente bonitas. Se acercó a olerlas y enseguida empezó a estornudar.

Enzo estornudaba y estornudaba, y como los elefantes son tan grandes, con cada nuevo estornudo hacía un enorme estruendo. Los pétalos de las flores se desprendían y las hojas de los arbustos volaban por la fuerza con que el aire salía de su trompa.

Al principio, Enzo pensó que ese ataque de estornudos pasaría pronto, cuando se alejara de las flores rojas. No fue así. No paraba de estornudar. Y el estruendo

que provocaba asustaba a los animales pequeños de la sabana.

Sin saber qué hacer, Enzo fue en busca del búho sabio para pedirle consejo. El búho sabio le pidió que lo siguiera y lo condujo hasta un arroyo de agua cristalina para que se diera un buen baño y se limpiara la trompa, llena aún del polen de las flores rojas. Enzo obedeció: se sumergió en el arroyo y se lavó la trompa a profundidad. Para cuando salió del agua, había dejado por fin de estornudar.

Enzo aprendió que solo debía mirar las flores rojas de lejitos, porque si las olía de cerca, volvería a estornudar.

Lo que leíste

- ¿Cómo se llama el elefante de la historia?
- ¿Qué le gustaba al elefante?
- ¿A quién le pidió consejo?

Dato curioso

El elefante es el mamífero terrestre más grande actualmente y utiliza su trompa para explorar su entorno.

Beatriz, el avestruz

Había una vez una escuela en la sabana donde estudiaban ratones, suricatas y otros animales pequeñitos. Desde hacía un tiempo se habían suspendido los paseos, porque siempre que salían de expedición se perdía uno de los alumnos. Entonces todos los animalitos tenían que dedicarse a buscar al que se había perdido hasta que lo encontraban, muchas veces a altas horas de la noche, cuando ya todos debían estar durmiendo.

—¡Queremos ir de paseo! —reclamaban los estudiantes, porque lo que más les gustaba era ir de excursión.

La profesora musaraña quiso encontrar una solución y se aventuró a recorrer la sabana para preguntar a los animales grandes si alguno quería asistir a su escuela. La jirafa y la gacela dijeron que no porque siempre iban de una parte a otra con sus manadas y con frecuencia la escuela les quedaría muy lejos. Después se encontró con un avestruz. Se llamaba Beatriz y estaba tan aburrida ese día, que tenía la cabeza recostada en la tierra.

—¿Estás esperando algo? —le preguntó la musaraña.

—¡Sí! ¡Espero a que pase algo emocionante! —respondió el avestruz.

—Podrías aprender cosas nuevas e ir de paseo si te inscribes en la escuela. ¡Eso es emocionante!

—Soy muy grande en comparación con la mayoría de animales. No creo que me acepten —aseguró Beatriz.

—¡Claro que te aceptaremos! Es más: ¡te necesitamos!

No fue difícil convencer a Beatriz. La profesora musaraña le indicó cómo llegar a la escuela y le dijo que se presentara allí al día siguiente.

Cuando Beatriz entró al salón, los ratones, las suricatas y los demás animales pequeños la recibieron con aplausos: estaban felices de que por fin llegara a la escuela alguien de gran altura para que pudieran hacer nuevas expediciones.

Desde entonces ningún animalito volvió a perderse. Si algún distraído se separaba del grupo, solo tenía que buscar la cabeza de Beatriz entre los arbustos. Además, a la hora de regresar, Beatriz levantaba con su pico a los más pequeños y los iba acomodando entre sus plumas. Allá arriba no solo lograban ver con claridad el camino, sino que, a medida que se acercaban, también distinguían sus casas y la escuela. En días especiales, la expedición llegaba más lejos. Todos juntos se acercaban hasta los ríos para ver animales enormes, como hipopótamos o cocodrilos. Ni los ratones ni las suricatas, ni las ardillas ni los puercoespines tenían miedo ahora, porque estaban con Beatriz, el avestruz, y sabían que trepados sobre ella estaban seguros.

Lo que leíste

- ¿Cómo se llama el avestruz de la historia?
- ¿Qué animalitos asistían a la escuela?
- ¿Dónde ponía el avestruz a los más pequeños?

Dato curioso

El avestruz es el ave más grande del planeta y puede llegar a medir hasta 2 metros de altura.

Lolita, la jirafita

Lolita era una jirafita. Recorría la pradera con su manada, comiendo las hojas de las copas de los árboles, porque era muy alta.

A Lolita le gustaba divertir a los animales pequeños. Les contaba todo lo que podía ver desde allá arriba y los hacía reír a carcajadas mientras hacía muecas y mostraba su lengua negra. El único problema de Lolita era que llevaba mucho tiempo sin dormir bien y se habían formado ojeras debajo de sus grandes ojos.

Una tarde, cuando regresaron a casa de su paseo diario, las jirafas se dieron cuenta de que Lolita no había vuelto con la manada.

Asustados, sus papás fueron a buscarla. Temían que algo malo le hubiera pasado, quizás había caído por

Dato curioso

La jirafa es el animal más alto del mundo: llega a medir hasta 7 metros.

un abismo o, por un tropiezo, se había lastimado una pata.

Pero Lolita estaba bien, solo se había quedado dormida. Aliviada, su mamá se le acercó y le habló suavemente para despertarla. Cuando abrió los ojos y vio a sus papás, Lolita estaba feliz. Les dijo que hacía muchos días que no dormía tan bien y ¡después de esa siesta se sentía descansada!

Sus papás se preguntaban por qué Lolita había logrado dormir, cuando escucharon unos balidos y vieron que allí cerca había un rebaño de ovejas. ¡Eso era: Lolita se había puesto a contar las ovejas y le había dado sueño! Desde ese día, cada vez que quería dormir, Lolita contaba ovejas, incluso si no las tenía cerca.

Lo que leíste

- ¿Cómo se llama la jirafa de la historia?
- ¿De qué color era su lengua?
- ¿Cómo logró quedarse dormida?

El viaje a la Luna

Una noche estaban reunidos un león, una cebra, un rinoceronte, una jirafa y un mandril alrededor de una fogata, conversando y cantando, igual que siempre que había luna llena.

De repente, el rinoceronte preguntó:

—¿De qué estará hecha la Luna?

—¡De queso por supuesto! —dijo la cebra.

—Yo creo que es un gran trozo de azúcar —intervino el león.

—¿No será de algodón? —preguntó la jirafa.

—¿Y por qué no lo averiguamos? —propuso el mandril—. ¿Quién quiere ir?

Todos se quedaron callados. Dos armadillos que habían estado escuchando

Dato curioso

La Luna es el único satélite natural de nuestro planeta y en realidad está conformada por minerales.

la conversación se acercaron y les dijeron que ellos siempre habían soñado con viajar a la Luna.

—¡Podemos construir un cohete entre todos y contratar a las arañas para que les tejan los trajes! —dijo el león.

Al día siguiente, los armadillos se dejaron tomar las medidas para que las arañas empezaran a tejer de inmediato sus trajes y vieron cómo los demás construían juntos la nave espacial.

Ya con trajes y nave, le pidieron ayuda al elefante: impulsarlos con un chorro de agua tan grande y tan fuerte que los hiciera llegar hasta la Luna. Él aceptó, pues también quería saber de qué estaba hecha.

Los armadillos, gracias a la ayuda del elefante, llegaron a la Luna. Una vez allá, probaron un pedazo: ¡estaba hecha de turrón blanco! De inmediato recogieron muchos pedazos y regresaron para compartir con todos sus amigos en la sabana.

Lo que leíste

- ¿Qué se estaban preguntando los animales alrededor de la fogata?
- ¿Qué animales viajaron a la Luna?
- ¿De qué estaba hecha la Luna?

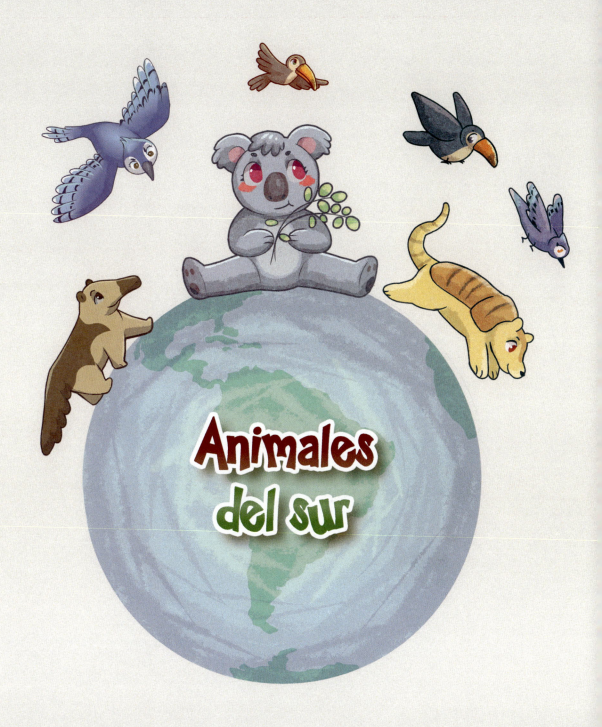

Los dos osos

Un oso hormiguero que vivía en la selva decidió mudarse a un bosque. Al enterarse de su llegada, las hormigas del bosque no se alegraron. Cuando sentían que se acercaba, se escondían de inmediato. Así pasaron varios días, viviendo en la mayor zozobra. Hasta que una mañana lo escucharon hablar con el oso de anteojos, de quien se había hecho buen amigo.

—Préstame tus gafas, por favor —pidió el oso hormiguero.

—¿Para qué las necesitas? —preguntó el oso de anteojos.

—Para encontrar comida. Desde que llegué no he probado bocado, y quisiera saborear algunas frutas. Pero como soy corto de vista, no alcanzo a distinguirlas y no sé dónde están.

Dato curioso

El oso hormiguero no tiene dientes y en realidad no es un oso, sino que forma otro orden de mamíferos.

—Lo siento mucho, amigo, mis anteojos no se pueden remover. Solo los tengo de adorno —contestó el otro oso apenado, y continuó—: ¿Acaso no encuentras suficientes hormigas?

—¡Guácala! ¡No me gustan las hormigas! Son saladas y lo que yo quiero es comida dulce. Además, me da pesar comérmelas.

—Pero tú no tienes dientes. ¿Cómo harás para comer frutas? —preguntó el oso de anteojos intrigado.

—Mmm, no había pensado en eso —dijo el oso hormiguero.

De repente se escucharon unos silbidos. ¿De dónde venían esos sonidos? El oso hormiguero vio que unas hormigas agitaban sus manitas desde el tronco de un árbol. Él y su amigo se acercaron. La hormiga más grande les dijo que habían escuchado su conversación y que todas estaban dispuestas a ayudar al oso hormiguero.

—Debes comer frutas pequeñas y de cáscara blanda. Nosotras te enseñaremos

dónde encontrarlas —prometió, y enseguida le advirtió—: Siempre y cuando no nos hagas daño a nosotras.

Desde ese día, el oso hormiguero y las hormigas han respetado su pacto. Y hasta el oso de anteojos quedó contento porque a él también le gustan las frutas pequeñas y de cáscara blanda.

Lo que leíste

- ¿Qué le pidió prestado el oso hormiguero a su amigo?
- ¿Qué es lo que el oso hormiguero no quería comer?
- ¿Qué lograron las hormigas al final de la historia?

Lero y sus amigos

Érase una vez un loro con plumas amarillas, azules y rojas. Se llamaba Lero y había nacido en la selva. Los árboles eran altísimos y los ríos, inmensos; pero hacía mucho calor y a Lero eso no le sentaba bien. Decidió entonces buscar un lugar más fresco, pero también luminoso.

Voló y voló mientras iba mirando el paisaje. Y así fue como escogió un rinconcito en un bosque donde habitaban un búho, tres conejos y dos ardillas. De inmediato se hicieron amigos. Pero la paz en que vivían se acabó cuando se empezaron a perder las cosas.

Un día faltaba un huevo en el nido del búho. Al día siguiente, desaparecieron las zanahorias que habían recolectado los conejos. Después encontraron vacía la alacena de las ardillas y Lero no encontró las ramitas que había recogido para arreglar su casa.

El búho, el loro, los conejos y las ardillas se pusieron de acuerdo para investigar y decidieron vigilar por turnos. Como se habían dado cuenta de que las cosas siempre desaparecían durante la noche, el primer turno de vigilancia se lo dieron al búho, pues a él le gustaba trasnochar. Esa noche, mientras el búho mantenía sus enormes ojos abiertos, pudo ver cómo se acercaban de puntillas y en silencio un par de monos. Sigilosos, entraron a la madriguera donde los conejos guardaban su comida.

El búho empezó a hacer ruido y a revolotear, y aunque despertó al resto de animales, eso no evitó que los monos se llevaran un montón de rabanitos.

Al día siguiente se reunieron todos de nuevo para pensar qué hacer con esos monos atrevidos. Lero pidió la palabra: tenía un plan, así que podían dejar la solución en sus manos. Los demás preguntaron de qué se trataba y el loro, con una sonrisa, les dijo que era una sorpresa y que estaba seguro de que funcionaría.

Aunque insistieron, Lero no les quiso revelar su plan y ya cansados se fueron a dormir, confiados en que no se perderían más cosas.

Cuando vivía en la selva, el loro había aprendido a imitar las voces de los animales salvajes más grandes y entonces, esa noche, apenas vio que se acercaban los monos, rugió como un jaguar, chilló como una pantera y

gruñó como un oso. Al oír esas voces, los monos salieron corriendo despavoridos, pensando que se los comería una fiera. ¡El plan de Lero había funcionado! ¡Y nunca más los volvieron a ver!

El búho, los conejos y las ardillas celebraron el ingenio de Lero, y desde ese día le pedían de vez en cuando que rugiera como un jaguar, solo para divertirse.

Lo que leíste

- ¿Qué animales intervienen en la historia?
- ¿Cuál es el personaje principal en la historia?
- ¿Qué hizo el loro para espantar a los monos?

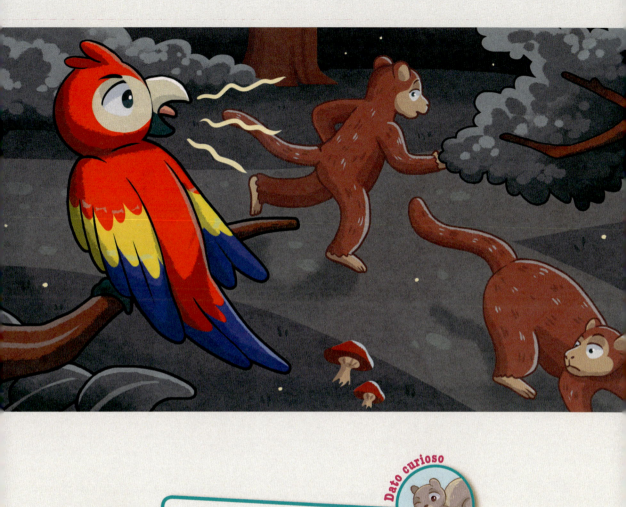

Los loros son aves con picos gruesos y pueden imitar sonidos de la naturaleza e incluso la voz humana.

Dato curioso

El armadillo y el oso hormiguero

Un armadillo vivía en la selva cerca de su primo el oso hormiguero. Ni el uno ni el otro tenían dientes, y al oso no le gustaban las hormigas, y por eso siempre salían juntos a recoger frutas para llenar cada uno su alacena.

Un día, los primos vieron un arbusto cargado de cerezas y se acercaron a recogerlas, cuando de pronto un pájaro azul empezó a picotearlos. El armadillo se hizo bolita de inmediato, protegiendo su cabeza y sus patas. El oso, por su parte, movió su trompa de un lado a otro y sacudió sus patas en el aire. Pero sus esfuerzos por espantar al ave de nada sirvieron y siguió batiendo sus alas encima de ellos.

En medio de la confusión, el armadillo y el oso le preguntaban por qué los atacaba,

Dato curioso

Los armadillos poseen un caparazón formado por franjas transversales que, generalmente, les permiten enrollarse.

pero el pájaro no los escuchaba o no les entendía, así que decidieron alejarse y encontraron un escondite detrás de un árbol cercano. Desde allí observaron que el pájaro se metía entre los arbustos y luego volvía a salir, pero no recogía ni comía frutas.

El armadillo le propuso a su primo un plan: él se enrollaría de nuevo y el oso lo empujaría lo suficiente para hacerlo rodar hasta el arbusto lleno de cerezas. Una vez ahí, investigaría qué estaba haciendo el pájaro. Cuando el armadillo llegó rodando, se metió sigilosamente entre las ramas y pudo ver a uno de los polluelos del ave sobre la tierra. Entendió que se había caído de su nido, que de seguro quedaba en el árbol altísimo que estaba al lado. Era por eso que el pájaro trataba de alejarlos, creyendo que le harían daño a su cría.

El armadillo corrió hasta el escondite y le contó todo al oso hormiguero. Sin decir nada, el oso caminó valientemente hasta el arbusto, resistiendo los ataques del pájaro. Con toda suavidad, aspiró con su trompa al polluelo y trepó ágilmente al árbol hasta colocarlo en el nido. En cuanto

el pájaro vio a su cría allí, revoloteó de contento, se disculpó y les dio las gracias al oso y al armadillo, pero ellos no le entendieron.

El pájaro azul se puso a pensar en cómo agradecerles a esos dos animales que hablaban otro idioma, y encontró la forma: desde ese día, el armadillo y el oso hormiguero escuchan el canto que les regala el pájaro azul cada mañana.

Lo que leíste

- ¿Quién atacaba al armadillo y al oso hormiguero?
- ¿De qué color es el pájaro de la historia?
- ¿Quién llevó al polluelo hasta su nido?

Kaila, la Koala

En un rincón de Australia vivía una koala que se llamaba Kaila.

Kaila estaba cansada de comer hojas de eucalipto. Sus papás las preparaban todos los días para el desayuno, el almuerzo y la cena. ¿No podían comer otra cosa? Así que una mañana, al despertar y ver sobre la mesa hojas de eucalipto, decidió salir en busca de otras plantas para alimentarse. Se fue de árbol en árbol probando distintas hojitas: unas verdes, otras amarillas, unas largas, otras redonditas. De tanto probar, en cierto momento le dio sueño y se quedó dormida.

Al rato la despertó un alboroto: eran un montón de monos. Kaila se dio cuenta de que estaban haciendo una fiesta y se acercó. Cuando los saludó, ellos la invitaron a bailar y le ofrecieron bananos, así que Kaila bailó y comió bananos con ellos.

Al final de la tarde, se despidió de los monos prometiendo volver y mientras regresaba a casa, le dolió la barriga. Sus papás la vieron pálida y, preocupados, le preguntaron qué le pasaba. Cuando Kaila les contó que había estado de fiesta con unos monos, sus papás se asustaron. De inmediato le dieron mucha agua y le pidieron que se acostara, mientras le explicaban que los koalas no pueden comer bananos y que las hojas de eucalipto eran lo que mejor los alimentaba. Por eso ellos las comían todos los días. Kaila siguió visitando a los monos, pero nunca más comió bananos. Siempre llevaba sus ramitas, sabiendo que era lo que le hacía bien.

Lo que leíste

- ¿Cómo se llama la koala de la historia?
- ¿Qué comió la koala en la fiesta de los monos?
- ¿Qué era lo único que podía comer?

Dato curioso

Los koalas son marsupiales y, al igual que las zarigüeyas, se alimentan principalmente con hojas de eucalipto.

El descubrimiento del mar

Era un día en extremo caluroso y los animales estaban sentados a la sombra de los árboles.

De pronto llegó brincando un canguro y les preguntó por qué estaban tan quietos en un día tan bonito.

El wómbat le contestó que era por el calor, que hacía varios días que no llovía y ya ni se acordaban cómo se sentía bañarse, pues lo único que había cerca era una pequeña quebrada a donde iban a tomar agua.

—¿Y por qué no vamos al mar? ¡El agua está deliciosa para bañarse! —propuso el canguro.

—¿El mar? —preguntó el ornitorrinco—. Nada me vendría mejor que una buena chapuceada. ¡Mi piel está reseca!

Dato curioso

Existen más de cincuenta especies de canguros, de diverso tamaño, todas las cuales habitan en Oceanía.

—Ninguno de nosotros conoce el mar, así que no sabemos en qué dirección caminar —dijo un dingo.

—¡Pero yo sí! —aseguró el canguro, sonriendo, mientras se daba la vuelta para regresar por donde había venido y añadía—: ¡Síganme!

Los animales lo siguieron, confiados. El camino no fue demasiado largo, y valió la pena. Apenas vieron el mar, corrieron a zambullirse. Mientras jugaban a mojarse unos a otros, bebieron agua, tal como hacían en los ríos, los manantiales y las lagunas. Pero enseguida estaban tosiendo y escupiendo. ¿Por qué sabía tan raro? ¿Por qué raspaba la garganta? El canguro les explicó que el agua de mar no se puede tomar, ¡porque es salada!

—¿Y ahora qué vamos a hacer? ¡Estamos sedientos! —dijo, preocupado, un conejo.

El canguro, que sabía muchas cosas, les dijo que no se preocuparan, que allí muy cerca había agua. Inmediatamente empezó a dar brincos entre las palmas

que bordeaban la playa y con cada brinco que daba, bajaba un coco. ¡El agua estaba allí, dentro de los cocos! Y todos bebieron ese día que, como dijo el canguro, estaba tan bonito.

Lo que leíste

- ¿Adónde guio el canguro a los demás animales?
- ¿Qué aprendieron sobre el agua de mar?
- ¿Qué tomaron para calmar la sed?

Cuentos increíbles
de animales del mundo

se terminó de imprimir
en diciembre de 2021.

Made in United States
Orlando, FL
05 December 2021